She, 그녀가 앞에 있다

she, 그녀가 앞에 있다

발행일   2016년 8월 3일

지은이   설 태 수
펴낸이   손 형 국
펴낸곳   (주)북랩
편집인   선일영   **편집**   김향인, 권유선, 김예지, 김송이
디자인   이현수, 신혜림, 윤미리내   **제작**   박기성, 황동현, 구성우
마케팅   김회란, 박진관, 오선아
출판등록   2004. 12. 1(제2012-000051호)
주소   서울시 금천구 가산디지털 1로 168, 우림라이온스밸리 B동 B113, 114호
홈페이지   www.book.co.kr
전화번호   (02)2026-5777   **팩스**   (02)2026-5747

ISBN   979-11-5987-155-9 03810(종이책)   979-11-5987-156-6 05810(전자책)

성공한 사람들은 예외없이 기개가 남다르다고 합니다.
어려움에도 꺾이지 않았던 당신의 의기를 책에 담아보지 않으시렵니까?
책으로 펴내고 싶은 원고를 메일(book@book.co.kr)로 보내주세요.
성공출판의 파트너 북랩이 함께하겠습니다.

설태수 지음

She,
그녀가
앞에 있다

영어 단어 109개를
화두로 쓴 감성 시집

북랩 book Lab

이 책의 차례

공평한, fair*

공기 없으면
꿈도 꿀 수 없다.
쇳덩어리도 공기와 친하다.
죽음도
공기는 잘 받아준다.
쥐와 새가 모르는
극비사항도
공기는 알고 있다.
더러운 것과 깨끗한 것을
가리지 않는다.
아름다운 일이다.

* fair에는 '아름다운' 이라는 뜻도 있다.

요정, fairy

즐겁고 기쁜 일은
휘발성이 너무 강해.
뼈에 각인된 슬픔과 고통이
몸을 붙들고 있네.
눈 내린 아침.
두 시간 넘게 달려도
나뭇가지마다 눈꽃.
찬 공기 속 요정의 나라.
사람들은 요정이네.
짭짤한 피가 돌아
눈물에도 쓸려가지 않는
요정이네.

머리카락, hair

공중이 아주 멋스러울 때는
나부끼는 긴 머릿결
받아줄 때.
파동 치는 머리카락은
여자의 무기 중 하나.
출렁거리는 그 모습에
흔들리기도 하는 마음.

랭보*는 노래했다.
"바람에 맨머리를 멱 감기리."

쓸어 올리는
희끗희끗한 머리카락.
무한 기류가
받들고 있다.

* 　장 니콜라 아르튀르 랭보(1854 – 1891)

계단, stair

까마득한 곳도 계단 있으면
오르고 싶은 마음 생긴다.
힘들면 걸터앉을 수 있다.
그래도 많이 남아 있으면
바로 앞 계단 하나씩 밟는다.
밟고 또 밟다보면
놀랄 만큼 높이 올라왔다.
올라온 게 아까워
새 힘 솟아난다.
모든 계단은
공중이나 지하로 통해 있다.
가파른 산 오르다가
공중에 낚일 것 같은 불안.
저 아래 너무 많은 걸 두고 왔다.
더럽게 정든 세상이었다.

우주, universe[*]

우주는
하나의 운문.
침묵을 깔고 있는
시.
하나의 노래다.
소리의 그림자도 있는
우주는
지금 노래다.

---

* uni- : '하나, 일(一), 단(單)'의 뜻.
  verse : 운문, 시.

인생, life[*]

'만약'은 생의 연결고리.
'만약'이 없다면
살게 하는 약도
위안도 없다.
불완전한 인간을
아낌없이 품고 있는 '만약'.
과거의 아쉬움과 미래 희망을
출렁이게 하는 그물이다.
바람과 으뜸으로 통하는
그물이다.

* if : 가정, 조건.

칼, knife

칼끝은 하나의 점.
어디로 향할지
어떻게 쓰일지는
예단하기 쉽지 않다.
함부로 가정할 수 없는
칼의 향방.
심리의 흐름에 민감하다.
칼끝은 그 때문인지
땅이나 하늘 향해 있을 때
푸른 숨 쉴 수 있다.
그렇게 있을 때
위엄이 시퍼렇다.

아내, wife

아내가 없다면?
생각조차 못해봤다.
너무 많이 기대고 있었다.
오늘 아침에도
어떤 옷을 입어야 할지 물어보았다.
가끔 벗어나고 싶을 때가 있어도
세월 갈수록 높아지는 의존도.
나중엔
97:3이 될지 모른다.
나보다 오래 살기만 바랄 뿐.
참 이기적이다.
좋은 데 가기는 어렵겠다.

남편, husband*

바깥사람이라고 한다.
가족의 울타리 역할은
하늘의 명령.
실한 울타리는
땀과 눈물을 요구한다.
강풍과 폭설이 언제 들이닥칠지
허욕은 또 달콤하여
예측불허의 적들은
안팎에서 위협한다.
머리 허옇게 바래도록
뼈대 휘청거리도록
울타리 지킨 생애는
하늘이 알고 있다.
눈 감겨도
훤히 알고 있다.

* band : 띠, 울타리.

시간, time(tie+me)*

시간에 묶여
절절매는 사람 많지만
피와 땀을 시간에 바쳐
마침내 시간을 부리는 사람.
내키는 대로
시간을 묶었다 풀었다 하는
아예 시간을 상관 않는
장인(匠人), 광인(狂人)
더러
시인도 있다.

*   tie : 묶다.

지상, earth

소리의 징검다리 놓으면서
이야기 건너다니는 곳.

여기는 열매가 떨어지면
툭 하는 소리 들리는 세상.[*]

새들의 귀에는
물드는 노을소리 들릴까.

귀는 물음표 형상.
낚시 바늘 같기도 하다.
소리에 걸리고 싶을 때가 많다.

* 박목월, 「하관」 중에서.

벌다, earn

정월 대보름에
귀밝이술 마신다.
상대방 말소리에
귀 기울이는 모습은 귀하다.
시비(是非)소리 다 통하는
산 너머 꽃피는 소리도 들리는
부처 귀.
귀가 좋으면
광활한 침묵을
곁에 둘 수 있다.

명료한, clear

몸의 심연은
귀에 연결되어 있다.
들리는 소리는
그 너머를 보여주는 길잡이.
가감 모르는 귀는
명료하다.
마음을 청진하는
영성 높은 기관.
등 뒤가 보이기도 한다.

배우다, learn

지나간 것에 귀는
집착하지 않는다.
위쪽 아래쪽으로
향해 있지도 않다.
몸이 전부가 아니라는 것은
귀 아니면 눈치 채기 어렵다.
틀에 붙잡히지 않는
무시무종(無始無終) 바람은
귀에 모든 걸 알려준다.
순간 영원을 동시에
허무는 귀.
귀는
몸의 스승이다.

눈물 흘리다, 찢다, tear

천둥소리에도
풀잎 물방울은 그대로다.
눈물 없으면
찢어지는 가슴 감당 못한다.
한 생애를 지켜주는
눈물.
혈육도 배우자도 공유할 수 없는
아픔은 눈물이 받아준다.
흉중의 깊은 사연에
귀 기울이는 눈물.
바닥 알 수 없는 눈물의 깊이.
그 심연 놓치지 않으려
노년에도 귀는 자란다.
어두워지는 청력 너머
귀는 자란다.

심장, heart

지각에 귀를 대면
심장부 마그마 들끓는 소리.
그 약동에
낮과 밤.
생과 사.
사랑과 미움이
고동친다.
슬픔이
고착될 수 없는 것이다.

기차, train

수평으로 달리는
비.
칸칸마다
사람마다
눈물 한 드럼씩 안고
긴 굴도 통과하는
비,
빗방울들.

자유로운, free[*]

공짜는 없다.

날마다 자유를 쟁취하는 자만이
자유를 누릴 자격이 있다.^{**}

자유는 고분고분하지 않다.
야성을 잃는 순간
연기로 사라진다.

나무, tree

일생을 한 자리에 있다.
한 순간도 에너지를
향기를 뿜어내지 않을 때가 없다.
시들고
말라 비틀어져도
향은 흔들리지 않는다.
나무를
지상의 천사*로
노래한 시인이 있다.

---

*   Wallace Stevens(1879–1955).

여기, 저기, here, there

여기든 저기든
이별의 눈물 흘린 데서나
수모를 당한 자리에서도
다시 꿈틀거리게 되어 있다.
'다시'가 통하지 않는 공간은
없다.
언제나 새로운
'다시'.
같은 바람 분 적 없다.
사람도 무르익을 수 있다.

불, fire

이른 봄.
불 지른 논둑에서
쑥이 돋아난다.
혁신의 속성은 불.
몸은 혁명의 연속체.
붉은 피는 머물지 않는다.
차돌 하나 그대로가 아니다.
봄볕 속에
거듭
졸음이 몰려온다.

개울, stream

‘re’가 없으면
지상의 개울은 사라진다.
물줄기 끊어져
조약돌은 물기를 상실한다.
‘re’가 없으면
새가 날아들 수 없다.
물소리 들리지 않으면
노래가 증발해버린다.
눈물이 말라버린다.
날마다 날마다
눈물 개울이 돌고 돌아
눈동자는 반짝거리는 것.
‘re’는 단순 반복이 아니다.

꿈, dream

악몽이었어도
다시
아침을 맞이하게 된다.

사실의, real(re+all)*

머물지 않아야
바람이 된다.
사는 길은
죽음도 가능한 길이다.
방심 않는 고양이.
바뀌는 그림자 위치.
거짓말도 존재 안에 있다.
마음 변하는 것도
바람과 무관하지 않다.
어떻게 변하든
시시각각 사실이다.
풍광은 언제나 리얼하다.

* always = all+ways 경우처럼 합성어의 경우 철자를 압축해서
  사용.

황금, gold(go+old)

아주 오래된
무척 오래갈
언제 어디서나
설레게 하고
우왕좌왕 흔들리게 하는
살생을 부르거나
빛을 선사하기도 하는
해골도 웃을 것 같고
죽음도 잊게 하는
금빛 순도.
인간은 능가하기 어렵다.
순순히 섬기고 있다.
오래오래
변치 않을 것이다.

타당한, good(go+odd)[*]

새한테 잡힌 나뭇가지.
기어이
길바닥에서 말라 죽는 지렁이.
죽도록
몸을 받들고 있는 항문.
퇴비냄새.
너 나 없는 바람.
더러운 것도 깨끗한 것도 아니다.^{**}
걱정거리는 밥.
자기 똥 구린 줄 모른다.
봄볕에 꽃피지 않는 곳은 없다.^{***}

---

[*]   go : 달하다, 이르다.
   odd : 자투리, 기묘한.
^{**} 不垢不淨 : 「반야심경」의 일부.
^{***} 春光無處不開花 : 九山 선사.

읽다, read(re+add)

부르는 이름은 몸에 새겨진다.
읽는 소리에
혼이 깊게 패인다.
혼수상태의 아버지는
가족들 절규에
마지막 눈을 뜨셨다.
온 힘으로 식구들 담으려고
눈을 감지 못하셨다.
시인 성찬경의 「물질의 언어」를
소리 내어 읽어보았다.
"죽은 이는 더러 물질의 언어를 빌어 말한다."
음절 따라 전신의 뼈대가 울렸다.
빈 방이
울리고 있었다.

죽은, dead(de+add)[*]

관 뚜껑 닫기 전
물 적신 쌀 한 숟가락
망자 입에 놓는다.
이승의 마지막 음식.
더는 보탤 게 없다.
평생 투입된 에너지.
그 관성의 힘으로 떠난다.
눈물과 살은 버려둔 채
떠난다.
울음권 밖으로
무턱대고 떠난다.

*   de- : 제거, 반대의 뜻.

잘못된, false(fall+se)

떨어진 꽃잎들.
자신을 거둔다.
한 점 미련 없이
흔적 없이
돌아간다.

집착 독선만큼
추한 것은 없다.
다행히 몸은 꽃을 반긴다.
자주 저지른 과오
詩한테 미안하다.

벌, bee[*]

양봉하는 시인^{**} 왈,
벌이 없어지면
인류도 사라진다고 한다.
열매를 맺게 하는
벌.
우리들 존재의 시발점이라 한다.
지구의 자전과 공전의 힘은
벌 몸통의 둥근 띠.
거기서 나왔는지 모른다.

맥주, beer

땀 흘리거나
무료하거나
뭔가 그립기도 할 때
한 잔의 맥주.
존재의 희열에
감격하기도 한다.
홀로 마시면
스쳐갔던 사방팔방이
새로 보이기도 한다.

포도주, wine

날렵한 유리잔으로
서로 짱, 부딪칠 때
몸이 살짝 뜨기도 했지.
핏빛 포도주에
의기양양해지곤 했지.
나의 실존은
붉은 포도주 빛이라고
찬바람 불 때에도
도연해지곤 했지.

바람, wind

중학시절부터 여러 번
시험에 떨어졌다.
펑펑 쏟아지는 눈 맞으며
원서 사러간 적 있다.
낙방한 날에도
바람은 초연했다.
여자한테 바람맞기도 했고
굴욕을 꿀물처럼 마시기도 했다.
응어리 삭혀주던 바람.
흥얼거려도
받아주는 바람.
죽음으로 인도하는 것도
바람의 힘이다.

탁자, table[*]

역사는
탁자에서 발원했을지도.
밥 먹고 눈빛 맞추고
한 잔 하고
음모도 꾸미는 자리.
그 중심에는
탁자가 있을 것이다.
할 수 없는 것보다
할 수 있는 것들이
탁자에서 거래되었다.
커피 집 탁자에서
이 글이 나왔다.

*   able : 할 수 있는.

우화, 꾸며낸 이야기, fable

어디까지 꾸며낼 수 있을까.
기이하게 그려진 도깨비나
엉뚱한 생각이라는 것도
그 씨앗들은 현실에서 나왔다.
꿈은 몸에서 생긴다.
지상에서 터지는 끔찍한 일들.
인간보다 무서운 괴물도 없지만
더없는 위안도 인간을 통해 나온다.
생각의 차원이 높아진다 해도
⟨존재⟩의 품속에 있음을
시인*은 이렇게 노래했다.

"푸른 뇌실(腦室)이 아무리 희한한 거짓말을
마구 쏘아대도 그것이 그대로 들어맞을 만큼
⟨존재⟩의 수면(睡眠)은 가없이 비어있거늘."
―「화형둔주곡」 중에서

* 　성찬경(1930-2013).

44

미소, smile

상처 달래면서
멀리 가게 하는 힘.
mile수로 따질 게 아니다.
화안시(和顏施).
미소 띤 얼굴에 하루가 달라진다.
고달픈 생의
시원한 그늘.
험한 산길에서
꽃은 미소였다.
바람에 휘청거려도
미소였다.

용서하다, forgive

목적 없는 바람.
목숨을 살리는 바람.
일방적이다.

당신과
내 안을 관류하는 바람.
그 바람 따르는 일이
용서에 이르는 길이다.

잊다, forget

하루하루 더하는 생은
하나하나 잊는 과정.
신이 하사한 위대한 선물은
망각
그리고 눈물이다.
마음속 새싹 움트게 하는
촉촉한 망각이다.

어릴 적 추운 날
내 손 꼭 잡고 호호 해주시던
젊은 아버지가 떠오른다.
한동안 잊었던 아버지.
촉촉한 것에는
언제든 싹틀 여지가 있다.

흐르다, flow[*]

눈물이 아래로 흐른다는 사실.
이보다 천만다행은 없다.
낮고 또 낮은 곳으로
물은 흘러
지상의 것들은
하늘을 지향할 수 있다.
새가 날 수 있고
땅에서 추락하지 않는 것은
몸에 물이 흐르는 덕.
낮게 흐르는 물이
생을 일으켜 세운다.

*   low : 낮은.

꽃, flower[*]

흘러 다니는 몸.
바위는 제자리에서
흐르고 있다.
강철은 녹슨다.
꽃은
변모의 극.
흐르는 시간 속에서는
꽃 아닌 것 없다.
산 전체가 꽃.
용암이 꽃이다.
여자 옷에는
꽃무늬가 많다.
속옷도 그렇다.

[*] flow : 흐르다.

현재, 선물, present(pre+sent)*

물, 바람은
잘 드는 칼에도 잘리지 않는다.
칼 댄 흔적도 남지 않는다.
이전에도 바람.
멀리 가고 있는 강물.
콱, 밟은 웅덩이 물은
사방으로 튄다.
왼쪽 문으로 가고 싶다.
현재는 어디에나 있어
끝이 안 보인다.
이만한 선물
없다.

---

*   pre : '미리, 전'. sent : send(보내다)의 과거형.
    따라서 present는 이전과 이후가 결합된 셈이 된다.

이미지, 시대는 나, image[*]

당신과 나는
시대의 먹이.
우리가 없으면
시대는 시든다.
그가 떠난 날
나무 한 그루 쓰러졌다.
한 시대를 살았다.
시대는 나의 이미지.
내 생각대로 보인다.
시대와 나 사이
마주 보이는 각은
같다.

---

*   age : 나이, 세대, 시대.

선택, choice

에너지 보존의 법칙.
부증불감(不增不減)*.
이 길 저 길 어떤 길이든
삼생(三生)을 통한다고 한다.
업(業)에 조종된다고도 한다.
선택은
정산(精算)의 한 갈래.
0.00001 정도 오차는 있을까.
바람의 방향도
역학의 울타리 안에 있다.
무르익은 선택은
오래 갈지 모른다.
그래도
냉혹한 건 피할 수 없다.

* 「반야심경」의 일부.

연습, practice

왼편 옆구리로 눕다보니
울리는 심장고동 소리.
가만 들어보니
간다, 간다, 간다, 간다,
하지만
있다, 있다, 로는
잘 연결되지 않는다.
쉼 없이 고동치는 소리.
꿈속에서도 멈출 수는 없어
냉엄하다.
빈틈없는 연습에
생은 오차 없이 실려 간다.
어떤 애원도 통하지 않는
심장소리다.

경찰, police

사람들 끓으면
공간이 탁해진다.
쉽게 상할 수 있다.
시퍼런 하늘 빛 통하면
잘 썩지 않는다.
외로움은 썩지 않는다.
차디찬 우주.
태양은 고독을 지킬 수 있다.
불붙기 쉬운 군중심리.
중간 중간
얼음기둥 필요하다.
마음 한 곳에 얼음을 두면
성찰이 생길 수 있다.

나이스, nice

눈에 익은 것은 근사하지 못하다는
예리한 각은 그대로 있어야 한다는
Nice!
탄성은
타성에서 미끄러진 소리.
세잔느의 그림에는 산이, 창공이, 얼어 있지.
나뭇잎과 구름을 슬쩍 얼려 놓았지.
비명은 탄성의 뒷모습.
아무튼 nice의 얼음은
쪼물락거릴 수 없는 차거움이
밋밋한 생을 딴죽걸기도 하는
극한 순도의 빙질.
Nice의 배후세력이다.
시간이 썩지 않는 이유도 된다.

열정, passion

자신의 몸이 자주 보이면
따분하고 지루해진다.
빤히 보이는 몸에
생각은 갇혀 있기 싫다는 것.
시작도 끝도 모를 세계에
도취해 있고 싶다는 것이다.
무한인 마음에
잘 어울리는 것은 열정.
Pass의 난이도는
열정에 반비례한다.
몰입하는 열정에
장애물은
이정표가 된다.
새 길이 보이기도 한다.

불멸의, immortal*

하시라도 당신과 나는
영원을 떠날 수 없다.
티끌 되어도 그렇다.

바늘 하나에 온몸 아프고
눈물방울에 한 생이 흔들린다.
수억 광년 별빛은
밤이슬에 맺혀 있어
부엉이 소리와
어둠의 깊이는 동일하다.

어느 순간이건
목숨이 걸려 있다.
불멸은
순간을 떠날 수 없다.

*   mortal : 운명적인, 목숨 있는.

땀, sweat

땅은
땀으로 기름진다.
잦은 발걸음 소리에
열매는 실해진다.
곤줄박이도
공중에서 땀 흘릴 거다.
그들 체취에는
달빛 냄새가 섞여 있었다.
저승에서 알아주는 것은
땀밖에 없을 거다.

글자, letter[*]

마음 몽땅 전하게 하는
새로운 눈을 갖게 하는
글자.
산천초목 구름
컴컴한 굴
티끌 하나도 글자 아닌 게 없다.
아우성치는 간판들.
거기에 기대어 하루하루 살아간다.
아기 얼굴은
천국을 떠올리게 하는가.
시간 공간을 잊게 하는
나를 잊게 하는
글자가 있다.

화장실, toilet[*]

정말
까불면 안 되는구나.
화장실
측간^{**}이
몸을 나아가게 하는구나.
해우소^{**} 덕에
굽이굽이 넘기는 하루.

어릴 적엔 오줌발로
땅바닥에 별을 그려 보았다.
푸르르 몸 떨리게 하는
장난감이기도 했다.

---

*   toi(toy) : 장난감. (예전에는 tiger를 tyger로 쓰기도 했다.)
** 측간(廁間), 해우소(解憂所) : 화장실의 다른 이름.

기도하다, pray*

빛의 속성은
무차별이다.
불편부당.
삼라만상은
빛의 세례를 받고 있다.
어둠과 슬픔은
빛의 뒷모습.
기도로 통하는 힘이 된다.
빛이 있는 한
기도는 멸할 수 없다.
빛은 신속(神速)이다.

* ray : 광선, 빛.

문, door

나갈까 말까 망설였다.
문 안과 밖은
온도 차이가 크다.
찬바람에 눈까지 뿌리는 날
문을 나섰다.
새소리에
나무를 올려다보았다.
돌아오는 길
나뭇가지 사이엔 별.
인간은
하늘을 오래 볼 수 있다.
문은 건널목이었다.

행운, fortune*

새소리 들린다면
굽이치는 산길 갈 수 있다면
바닷가를 어슬렁거리고
시장 골목을 누빌 수 있다면
욕설도 괜찮다면
행운이다.
눈물이 전부가 아니고
한숨이 오래 가지 않는다면
수평선 너머가 궁금하다면
행운이다.
동시에 터지진 않는 희로애락.
그때그때 높낮이가 다르다.
리듬이 생긴다.
한평생은 노래다.

*   tune : 리듬, 가락.

농장, farm*

논밭에서 책이
들판에서 소 양떼가
과수원에서 자동차 나온다.
인간을 일으켜 세우는
농장.
자손 대대로 젖은
농장에서 나온다.
두 팔 부지런하면
살과 피로 무장된다.
고통과 꿈은 연결될 수 있다.
아이가 손을 흔든다.
제일 예쁜 꽃이다.

*   arm : 팔, 무장하다.

기쁨, delight

박살나는 겨울햇살.
그림자 또록또록하다.
찬바람 쌩쌩해도
빛은 진수성찬.
멀리서 다가오는
당신을 알아볼 수 있다.
빛나는 어깨.
빛의 리듬이었다.
빛에 실려 왔으니
그렇게 떠날 것이다.
시야를 벗어나도
육신은 흩어져도
빛이 놓치는 일은 없다.
기억은 흐려져도
빛은 흐려지지 않는다.

오시라, come*

'밥 한번 먹자.'
'요새 바뻐?'
'한잔 할래?'
'목소리 한번 듣고 싶어서…'

이런저런 안부는
'나'를 거쳐 가는 바람이
자주 서늘하다는 것.
눈앞은 사막이라는 것.
'내가' 과연 있기나 한 건지
의문스럽다는 것.
적막한 몸이 울리도록
좀 건드려 달라는 거다.

*   co- : '공동' '함께'를 나타냄.

요리하다, cook

간을 하지 않아도
과일은 맛있다.
빛과 바람이 함께 있음이다.
외로워도
나뭇잎 흔들리고
구름 더불어 보인다.
어느 순간도
요리되지 않는 때는 없다.
소멸되는 과정은
조리되는 확실한 증거.
눈물도 ok.
빠뜨릴 게 하나 없다.
훌륭한 요리사는
재료를 탓하지 않는다.

얼굴, face*

얼굴을 능가할 권력이 있을까.
아무도 군소리 못하는 힘.
매일매일
하루에도 몇 번을 살핀다.
물에 차창에
스테인리스 강철 기둥에도 비춰본다.
목숨 걸고 수술대에 오르는 여자들.
얼굴에는
지뢰도 매설되어 있다.
얼굴만큼 깊은 굴은
단연코 없다.
각종 번뇌를 잠재우는
세파에 멸하지 않는
궁극의
얼굴이 있다.

공간, space

혀를 내밀어 보았다.
無맛.
손가락으로 콕 찔렀으나
반응 없다.
숨을 들이쉬어도 바람 냄새뿐.
귀에는 정적(靜寂)이다.
공간은 또.
모든 것을 완벽하게 장악하고 있다.
완벽하게 방치하고 있다.
무엇이든 절대 평등이다.
어떤 눈물도 받아준다.
꽃잎에 이슬방울
눈에 가득 들어온다.

디자인, design*

구름도 이정표다.
정보가 적지 않다.
셀 수 없는 잎들.
똑같지 않은 나무들 형태.
허공을 지향하는 풀잎.
모래알 하나하나 꼼짝 않고 있다.
각기 다른 얼룩말 무늬.
다들 속셈이 있다는 건가.
생각할수록
삼라만상은 sign.
볼수록 꿈틀거리는 디자인.
나 자신이
문득 낯설다.

*   sign : 신호, 이정표, 속셈.

재능, talent[*]

빌린 거라 한다.
빌린 그릇 맘껏 활용한 후
돌려주는 거란다.
닦고 닦아서
깨끗하게 돌려주는 거란다.
겸허는 끝이 없다^{**}는 구절.
약간은 이해할 수 있겠다.
'없는 나'(無我)라는 말도
덩달아 떠오른다.
산에서
새들의 뼈를 본 적 없다.
종종 안 보이는 사람이 있다.
고요를 이끄는 그가 있다.

---

*   lent : 빌린.
** T. S. Eliot(1888–1965).

돌, stone

한 곳에 있는 돌.
지구를 지키는 자리.
숲에 가려 있어도
물에 휩쓸려갔어도
지상을 버리진 못한다.
맨 처음 하나에서 떨어져 나온
그때를 반추하며
꿈틀거리는 것들을 지킨다.
머물 수 없는 당신을
돌은
지켜보고 있다.
허술한 틈 막고 있는
돌 하나.

뼈, bone

험한 말에 상처 깊어도
뼈는 버틸 수 있어
가까스로 생은 고비를 넘곤 한다.
타격당한 몸의 충격은
뼈 마디마디로 분산되곤 한다.
몸에서 분리된 뼈는
뼈가 아니다.
뼈 중에 제일 실한 뼈는
바람의 뼈.
이승과 저승을
하나로 이어준다.

외로운, lone

새한테 말을 걸어보고
구름을 부러워하고
풀잎에 눈길 가고
자신의 몸 또 쓰다듬는다면
이방인.
스스로가 전부인
나그네.
떠돌지 않아도
외로운 나그네.
미풍에 사무치기도 한다.

천재, genius*

탄성 한 마디로
기상천외한 것과
금세 통한다.
처음 접한
음악 그림 시 한 구절도
친해진다.
내 안의 인자와 만났다는 것.
우리들 눈에
홀연 들어온 것이다.
어떤 장벽이나 울타리도
없다.
하늘이 내리지 않은 것은
아무것도 없다.

---

* us : we(우리들)의 목적격.

먼지, dust

먼지는
정신을 녹슬지 않게 한다.
먼지를
피해갈 수 있는 것은 없다.
먼지는
어디서나 고독하다.
지상을 덮고 있는
절대 고독.
먼지 한 줌 벗어나기 어려운
우리들 세상사.

버스, bus

어느 겨울.
산골 운행하는 버스.
승객은 나 혼자였다.
손님이 너무 없으면
서글프다는
운전기사.

손, hand

오랜만에 만난 그.
악수부터 한다.
말하거나 전화 중에도
손은 가만있지 못한다.
손이 거듭 몸을 이끄는가.
이야기 머뭇거릴 때
공백은 손짓이 다스린다.
Touch is love.
그런 팝송가사도 있다.
차마 입 열기 힘들 때
다리 놓아주는 손.
걸음마하는 아기 손.
식사 준비하는 아내 손이
거룩하다.

천둥, thunder

우르르 쾅쾅
안방 구석까지 울린다.
지상이 궁금하다는 신호.
애환이 떠날 날 없는
외롭다고 하는 우리를
하늘은 알고 싶은지
몇 달치 모았다가
한꺼번에 아래로
던져보는 천둥.
그 소리 실없는 게 아님을
번개와 빗줄기가 방증한다.
알아듣진 못해도
간만에 하늘은
속 시원할 것이다.

이해하다, understand

나무가 얼마나 멋스럽고
장려한가는
나무 아래서 올려다보면 안다.
나뭇가지 배경은 하늘.
머리통도 다르지 않다.
골목길 시장길 헤매고 다녀도
머리는 하늘 향해 있다.
천 길 낭떠러지는 굽어보아도
한 길 사람은 아래로 보는 게 아니란다.
하늘 후광 아래 있는 물상들.
한 발 내려서 우러러 보면
비로소 보이는 풍광이 있다.
한 점이
바로 나였다.

소외된, isolated*

오랜 친구가 권한다.
스마트폰 장만해서 카톡방에 들라고.
여러 동기들과 재미난 게 많다고.
단순하게 지내는 것도
좋다고 나는 답한다.
그러면 너무 뒤처진다고 한다.
난 또 웃고 만다.
혼자 술 마시거나
이 화랑 저 화랑 어슬렁거리는 재미는
예전부터 있었다.
정선 조양강 부석사 직장 산기슭
홀로 다니는 곳이 적지 않다.
모임에서도 슬그머니 나와 버리곤 한다.
뒤처진다 해도 어쩔 수 없다.
샘 많은 시.
시는 놓치고 싶지 않다.

*   lated=belated, 늦은.

용기, courage*

눈물 흘리는 살인범.
구름 아래서는
바위도 변한다.
파도치지 않을 때가 없다.
당대를 직시하는 일은
속진을 꿰뚫는 용기.
남들이 부러워하는 자리를
정중히 사양한 시인**이 있었다.
독락당(獨樂堂) 황제.
그의 『頌百八』은 이렇게 시작된다.
"가끔 볼 것이다,
검은 머리가
찬란히 변하는 기적을."

---

*   c는 see와 같은 발음. age는 시대.
**   김구용(金丘庸, 1922–2001).

폐쇄, close[*]

면벽.
시선을 안으로 돌린 그.
수년간 독방에서
자기를 유폐시켰다.
밖으론 철조망 단단히 쳤다.
헛것이 왔다 갔다 했으나
그를 굴복시키진 못했다.
드디어 폐쇄가
경계를 무너뜨렸다고 한다.
생과 사 한 몸이고
'나' 없고
'남'도 없다고 한다.
캄캄한 산이나 들에서는
별이 잘 보인다.

[*]   lose : 잃다.

열다, open

원시 벽화.
동굴이나
암벽에 새길 때
먼 훗날 혹시 떠올렸을까?

시골 정류장에서
버스 한참 기다리다가
땅바닥을 발로 긁적거렸었다.
노크하는 기분.
타전하는 느낌.
자신을 털어보는 식이었나.

펜에 기대는 신세.
쓸수록 커지는 갈증.
상점 입구에 붉게 켜진
OPEN
피로 쓰면 열리려나.

형태, form

당신 만나려고
당신 목소리 듣고
당신 얼굴 보고
체취 맡고 싶어
나, 이 모습으로 왔단 말인가.
세세년년 인연에서
생각 밖의 확률로
숲길 질러가고 있단 말인가.
숲은 또 무슨 사연에
이토록 우거져 있단 말인가.
입 다물고 있단 말인가.

구름, cloud*

아무리 큰 소리도
구름은 거부하지 않는다.
눈길을 구름에 걸어두고 있으면
소리 지르던 마음
삭고 있다.
지난 일과 다가올 것에
전혀 무심한 구름.
보고 또 보다보면
눈길 드높이 이끈다.
구름만한 스승은 없다.
변화의 불멸성을 보여주는
이정표.
하늘이 심심할 수 없는
이정표다.

* loud : 시끄러운, 목소리가 큰.

나비, butterfly[*]

집 나설 때
아내는 손 흔들었지.
저만치
팔락팔락 날고 있는 나비.
순간순간 길 꺾으면서
그러나, 그러나, 하면서
어디로 떠나는가.
바람 올라탄 휴지조각.
능소화 꽃줄기는 휘청.
나비 떠난 허공에
골목길 보인다.
꺾이고 꺾인 길들.
천적 따돌리는 길이다.
목적지까지
버스길도 여러 번 꺾었다.

* but : '그러나'의 뜻으로 기존의 것을 부정.
  '꺾는다'는 것도 그와 유사한 맥락임.

저녁, evening*

낮에 열 받은 양철 문.
지글거리던 지표 열기.
저녁에는 식는다.
올빼미가 사냥 나설 수 있다.

사무실에서 위압적이던 상사.
퇴근하면 순해진다.
과중한 일에 지친 그녀.
한숨 돌리는 저녁이다.

긴 그림자 긴 외로움.
누구나 예외 없음을
저녁은
소리 없이 드러낸다.
발걸음 걸음마다
몸은 알고 있다.

* even : 고른, 동등한.

노을, twilight*

노을은 다리.
빛과 어둠을 공유한다.
피와 땀을 바친
오늘의 고달픔.
그 여진 쉽사리 가라앉지 못해
어둠은 서서히
마중 나오는 것인가.
붉은 피에는
빛과 어둠이 녹아 있다는 건가.
그림자는 이미
몸을 양도해 버렸다.

---

*   twi- : '2 중', '둘'의 뜻.

출발, start

지구별.
사방팔방은 무한이다.
언제 어떤 일이 벌어져도
출발 아닌 때는 없다.
순간마다 시작.
"지금이 전부."*
바다에선 어디나 짠맛.
밤마다 충일한 어둠.
별빛은
출발을 겨루지 않는다.

*   W. S. Merwin(1927-).

빌리다, lease*

빌린 거라서
돌려주게 되어 있다는 몸.
빌린 세상.
빌린 바람 물 불 흙.
빌리지 않은 게 없다.
본바탕이 궁금하다.
가시질 않는 갈증.
펜으로
본향을 찾아 파고든다.
빌린 것들 갚을 수 있을까.
수월하게 숨 쉬는 거
정말 갚을 수 있을까.

*   ease : 편안, 쉬움.

기억하다, remember

'남편이 수년 전 별세했지만
지금도 곁에 있는 기분'이라는 문자.
지나온 길의 골격은
기억으로 살아난다.
생의 추락을 막아주는 장치다.

80 넘으신 노모는
추억하는 힘으로 여생을 버티신다.
수십 번 반복하셔도
그때마다 생기는 돌아
쓰디쓴 기억이 훨씬 위력적이다.
몸서리친 옛일들이
이토록 힘센 멤버일 줄은
미처 몰랐다.

고독한, solitary[*]

이윽고 다다른 등대.
등대가 외로워 보인다고?
사방으로
무수한 길 거느린 등대가
고독해 보인다고?
점에서 점으로 이어지는 세계.
한 점을 지나는 숱한 선.
하 많은 길은 고독으로 통한다.
하여, 고독은
발광체(發光體)가 되기도 한다.
노을에
등대가 아름답다.
바다에
등대가 있다.

• 졸시 「길」의 일부. 시집 『푸른 그늘 속으로』 중에서.

창문, window

마주 앉은 사람 속 알 수 없고
내 마음 어떻게 흘러갈지
좀처럼 예견할 수 없는 세상.
그나마 창가에 앉으면
밝음 따라 마음 닦을 것 같아
창가로 창가로 몸은 끌린다.
그러나 그대 쪽으로
몸이 더 기우는 것을 보면
귀 잔뜩 열고 있는 그대가
으뜸가는 창문인가 보다.
바람 거센 날은 마음 흔들리기도 하여
그 마음 종잡을 수 없다 해도.
그 종착점 알 수 없다 해도.

• 졸시, 「그대만한 창문이」 중에서. 시집 『소리의 탑』.

여보세요, hello(hell+lo)

도회지 사는 자녀에게
종종 전화해 달라고
눈물 닦는 시골 할머니.
두 눈과 귀는 산 첩첩 너머
지평선 아득히 열려 있다.
막막한 바람 속의 나를
좀 불러달라는 소리.
목소리 들려줄 사람 없으면
Hell인가.
고아로 자란 그도
외로움이 너무 무서웠단다.
여보세요, 계신가요,
지옥 적막이 도망가는
소리가 있다.

산림, forest(for+rest)

말기 암 판정받은 50대의 그.
모든 것 정리하고 산으로 갔다.
얼마 안 남았다는 진단에
자신을 갈아엎기로 했다.
돌을 주워 탑을 쌓아올리고
산기슭 일궈 씨 뿌렸다.
죽기 전에 원 없이
흙과 씨름하고 싶었다는 그.
선고받은 몇 개월 넘기자
생에 대한 집착도 사라졌다.
나무들 아름다움이
비로소 보였다고 한다.
산이 어머니라고 한다.

숲, woods*

숲에선 번창하는 일이 대세라서
썩은 잎들은 잘 안 보인다.
컴컴한 숲속에선
몸이 말하고 있다.
툭, 건드리기만 해도
암수의 살은 서로 끌린다.
반 정도만 마음이 통해도
나머지는 숲이 해결해준다.
숲속에선
동물과 새들만 구애하는 것은 아니다.
상대방에 빠져 있을 때
사방은 더욱 컴컴하여
그 사람 이외는 안 보인다.
세상은 숲이다.
숲에서 새끼들이 태어난다.

---

* woo : 구애하다.

전설, legend[*]

발걸음 끝난 그 너머에서
펼쳐지는 이야기도 있다.
과장되고 황당할 수 있으나
다리 기운의 여진은 멀리 가기도 하여
인간의 체취 아련히 잡힐지 모른다.
몸으로 확인되는 세계라 해도
낮에는 햇빛
밤에는 달빛에 바랜다.
현실이 전설 되는 것은 시간문제.
오천년 정도만 지나면
오늘의 역사적 사건이
전설보다 더할는지.
그들이 상상이나 할 수 있을는지.
바람은
누적되지 않는다.

*   leg : 다리.

흔들리다, sway

굽이치는 몸매.
출렁이는 젖.
요동치는 엉덩이.
홀리게 하는 눈빛.
이렇게 맺어진 데서 태어난
인간의 길은
똑바르긴 어려운 법.
눈길 걸어간 흔적 삐뚤삐뚤하다.
갈피 잡기 어려운 마음.
취한 듯이 사는 게
자연스런 일.
목숨 가진 것은 바람 속에서
흔들리며 살아간다.

• 졸시, 「취한 듯이」 중에서. 시집 『소리의 탑』.

지지하다, support[*]

배는
항구를 찾아가지 않을 수 없다.
생은
죽음을 찾아가지 않을 수 없다.
죽음이 작동하지 않으면
생은 한 발짝도 움직이지 못한다.
어떤 배가 어디로 가든
항구는 지지한다.
죽음도
어떤 생이든 다 받아준다.
집 떠난 자식 기다리는
어머니와 다르지 않다.

*   port : 항구.

달, moon

낮에 시달렸던 몸과 마음을
달빛은 달래준다.
해와는 달리
인간의 두 눈을 오래 허락한다.

- 영어철자 'o'는 '눈'을 본떠 만들어졌다.(『알파벳의 신비』 참조)
- 졸시, 「달」 중에서. 시집 『말씀은 목마르다』.

해, sun

태양 광선은 입자파동.
그 파동 속에서
변하지 않는 것은 없다.
꽃빛깔
종이
이끼는 바랜다.
변심이 생긴다.
고색창연
경륜이라는 것은
햇살 덕에 나온 것이다.
파동 치며 날아가는 화살.
순탄하지 못한 것이
사랑이다.

• 'S'를 늘이면 파동 모양도 된다.
• 'S'에는 '활쏘기, 발산하기' 등의 의미도 있다.(『알파벳의 신비』 참조)

군인, soldier*

세상 목숨들은
모두 용병**이다.
바람에 운을 걸고
목숨에 팔려온 용병이다.
자신의 시작과 끝을
볼 수 없는 숙명.
끝없는 궁금증은
늙음을 지불해도 풀릴 길 없다.
오래 전 작고하신 스승은
간밤의 꿈속에서
아카시아 꽃을 따 드셨다.
살아서는 먹어보지 못했다면서
아이처럼
꽃을 맛보셨다.

---

*   sold : 팔린.
**   용병 : a soldier of fortune.
      "soldier of fortune"이라는 팝송 제목이 있다.

숙녀, lady(lay)[*]

숙녀는
아무데서나 눕지 않는다.
누워도
해변에서는
풀밭에서는
한쪽 무릎을 올린다.
남자가 있을 때는
더욱 그렇다.

*   lay : 누이다.

신사, gentleman(gene)[*]

갑옷 안에
종자를 지니고 있다.
여차하면
'신사'가 없어진다.
남자의 미소는
그래도
단순한 데가 있다.

*   gene : 유전자, 인자, 종자.
    −tle : man<u>tle</u>(덮개, 망토), tur<u>tle</u>(거북) 참고.

앞에 있는 그녀, she

그녀가 앞에 있다.
여자가 남자 앞에 있어야
역사는 이루어진다.
현란한 조물주 작품은
앞에 있어야 잘 보인다.
위력을 발한다.
Lady first!
범상치 않은 말이다.
여자도 그걸 알고 있어
자꾸자꾸 예뻐진다.

엄마, mother[*]

새끼 낳는 순간
눈에서 두터운 비늘 떨어져
물불 가릴 게 없어진다.
앞뒤 없어진다.
이미 다른 차원으로 옮겨 갔다.
벌떡벌떡 뛰는 물고기 대가리에
곧장 칼날 들어간다.
어미 안에 도사린 명령만큼
추상같은 것은 없다.
무서울 게
아무것도 없다고 한다.

* other : 다른.

아버지, father(far)*

엄마보다는 멀다.
멀리 가서
사냥하고 물고기도 잡아온다.
객지에서
홀로 별빛 볼 때가 있다.
멀리 가도
세월 가도
닳지 않는 끈.
더욱 실해지는 피의 끈에 끌려
절로 돌아오는 것이다.
기력 다할 때까지
돌아오는 것이다.
먼 길 다 합치면
하늘 높이 닿을 것이다.

* 　far : 멀리, 먼.

머리, head

남자는 이마를
여자는 가슴을 앞세운 채
바람을 가르고 나아간다.
이마가 시릴 땐 젖가슴에 묻고
가슴 허할 땐 머리를 끌어안으며
그렇게 나란히 가기라도 하는 듯
탐조등 눈빛으로 서로를 밝히며
세상을 비추며, 한 쌍이 가고 있다.
어디로 가는 건지
언제 발길이 멈출지
알 수 없는 그들은
노을 진 바람 속을
손잡고 가고 있다.

• 졸시, 「남녀가」 중에서. 시집 『푸른 그늘 속으로』.

기어오르다, climb*

기어오르다 보면
사지가 보인다.
저절로 보인다.
그러나 사람은
걸을 때가
좋을 때다.
걸으면서
나무들과 눈도 맞출 수 있다.

* limb : 손발, 사지.

110

시계, clock*

잠궈!
잠궈!
지난 것은
잠궈!
깨끗이 잊어!

그래도 돌아보면
지난 일들 빼곡히
나를 받들고 있다네.
빛바랜 슬픔도 있다네.

*   lock : 잠그다.

웃음소리, laughter*

웃음치료.
병을
웃음으로 고칠 수 있다고 한다.
아이는 어른보다
훨씬 많이 웃는다.
어른의 비극은
웃음이 드물다는 거.
맑은 하늘은
웃음으로 터져 나온다.
자주 웃어야만
하늘로 가득 찬다.
마음이 투명해진다.

*   aught=ought(해야 할 일), anything.

완전한, complete*

개울가 먹이 노리는 백로.
반짝거리는 물결.
흔들리는 수초.
버스 타고 가는 나.
추월하는 승용차들.
나사 제대로 조여 있으면
안전하다.
0.1% 부족할 수 있다.
그런 상황도
한 발 물러나서 보면
완전하다.
존재하는 것은 무엇이든
존재한다.

*   com- : '함께'의 뜻.

완벽한, perfect[*]

금간 유리.
낙엽 하나.
모래알 하나.
먼지 알갱이도
나무랄 데 없다.
짓이겨진 휴지조각.
썩는 사과도
낱낱이 완벽이다.
그 순간은 그 모습뿐.
대체할 수 있는 것은 없다.
시시각각 유일무이.
100% 완벽이다.

[*]   per- : '매우, 몹시'의 뜻. 단위를 나타내기도 함.

고통, pain*

부모 자식 간에도
부부 형제 사이에도
건널 수 없는 강이 있다.
어쩔 도리 없는
강이 흐르고 있다.
내 안에 강이 있다.
흔들리는 나뭇잎에 눈길 가는 것은
피할 수 없는 외로움을
좀 맡기고 싶다는 것.
오늘 저녁 술 한잔
친구한테 건네고 싶다.
강 건너 한번 가고 싶다.

*   in : 안에.

눈, snow

내리는 눈 보는 것은 지금이다.
'지금'이 눈 내리는 것은 아니지만
눈 내리는 광경은 언제나
지금이다.
내리는 눈은
도중에 쉬질 못한다.
내릴 곳 상관 않는다.
거칠 것 없다.
'지금'은 항시 장담 못한다.
몸 없으면
'지금'은 없다.
'눈'은
'하늘의 눈'이기도 하다.

결혼, marriage*

서로를 손상시키지 않고는
나이 들지 못한다.
수없이 깎이고 조각된다.
혼인 60주년은 다이아몬드 혼.
맨 바람은 적적해
사랑의 손길로 닳고 싶었던 것.
너덜너덜해지는 몸.
평생을 싸운 훈장이다.
입술 붉게 무장하는 여자.
자주 죽어야 사는 남자.
동시에 전사하고 싶어 하는
맞수다.
죽어서도 곁에 묻힌다.
참 질기다.

*   mar : 손상시키다.

오케이, okey

화장실 문을 열어줄 수 있나요.
흑인 아이가 내게 말을 건넸다.
그 눈동자와 목소리에는
아프리카 열매
질주하는 치타
급선회하는 가젤
누 떼와 새들의 초원이
디자인되어 있다.
구름에서 나온 디자인이었다.
잔디 깎는 뜰에서
나부끼는 포플라 잎.
비키니 깔린 해변에서도
Okey okey okey
어디서나 통하는 디자인이 있다.
아이 목소리가 있다.
내일은 구름을 거쳐
태평양을 건널 것이다.

작가 후기

랍비이면서 철학자인 마르크 알랭 우아크냉은 그의 저서 『알파벳의 신비』(변광배·김용석 옮김)에서 'A'를 "땅의 힘에서 자신의 힘과 에너지를 길어 올리는 인간의 모습"을 닮은 형상이라고 했다. 그러면서 A는 어원적으로 볼 때, 180도로 뒤집어보면 황소의 두 뿔과 얼굴에서 따온 것이라고 한다. "농사, 운송에 엄청난 힘"을 발휘하고 고기까지 주는 소를 옛사람은 으뜸으로 치지 않을 수 없었기에 알파벳 중 맨 앞에 두었다는 것이다.

그리고 'E'는 "기원하는 형태로 두 팔을 높이 들고 있는 모습"이라고 하면서 "실존으로 나아갈 수 있도록 해주는 근본적인 숨결과 에너지"를 뜻한다고 하였다. 게다가 필자가 짐작하기에는, 에너지(energy) 관점에서 볼 때

소문자 'e'는 글자 쓰는 방향이 지구의 자전 및 공전 방향과 같고 태풍의 눈과도 닮았다고 할 수 있다. 그래서인지 에너지 유발과 연상되는 단어들, 'bee' 'coffee' 'seed' 'feed' 'deed' 'feet' 'peel' 'reel' 'wheel' 등에는 'e'가 두 바퀴처럼 들어 있는 것이다.

또한, 'I'는 "히브리어로 손 전체, 혹은 손가락으로 구성된 부분을 지칭"하는 '손'을 의미한다고 하였다. 그런데 소문자 'i'로 볼 경우 점(·)을 각각의 존재로, 'I'은 낱낱의 존재를 받들고 있는 심연의 깊이로 볼 수도 있는 것이다. 그래서 이렇게 썼던 적이 있다.

> "발밑을 유심히 보지는 말자./ 가끔 외로울 때/ 나를 받치고 있는 기둥이/ 흔들리고 있음을 느껴도/ 발밑을 골똘히 보지는 말자./ 까마득한 깊이의 기둥./ 나와 운명을 함께 할지도 모를/ 심연 같은 이 기둥은…." (졸시 "i" 일부)

그리고 'M'은 "물의 흐름, 물의 표면에서 일어나는 물결"을 뜻한다고 하였다. 알파벳 26자 중 13번째 M은 자신을 기준하여 양쪽 합해서 25자를 거느리고 있는 것으로 볼 수 있는데, 마치 광대한 대양(大洋)이 그것에 접해있는 대륙들을 붙들고 있는 형국과 다르지 않다. 게다가 힘(Might)은 M 전후의 철자 L, N로 시작되는 Light, Night와 연결되는 바, 힘이라는 것은 빛(light)의 세계인 낮과 밤(night)을 번갈아 들락거리는 데에서 나오기 때문이다. 상식적 이야기이긴 하지만 이와 같이 언어, 철자마다 고유의 아우라, 힘이 있다는 것은 인간의 삶과 무관하지 않다는 것이다.

우리말도 이와 다르지 않다. '해'의 경우, 하늘의 '해'와 동사 '하다'의 명령형 '해'를 중첩시켜 다음과 같이 시로 표출해 보았다.

"자꾸자꾸 충동질한다./ 더우면 그늘로 가라 하고/ 추우면 햇볕으로 나오라 한다./ 아침에는 일어나라 하고 밤에는 자라고 한다./ 하여간 뭐든지 해보라고 한다./ 해보면 하루하루가 잘 가고/ 해보면 사랑이 엮어져서/ 해맑은 새끼가 또 해를 볼 수 있다./ 해도 해도 안 되는 일은/ 일단 피해볼 일./ 그런 것도 해가 시키는 일이다./ 해의 정

체가 궁금해도/ 정면으론 응시할 수 없다./ 인간
은 모순투성이라서/ 눈부신 실체를 직방으로는
볼 수 없다./ 벼랑과 골짝에도 해가 들면/ 꽃 피
고 열매 맺는 것이 보인다./ 인류가 이룬 모든 업
적은/ 해가 다 시킨 일./ 인간의 지혜도 해보고
해봐야 나온다./ 해가 있는 한/ 해도 해도 끝이
없다." (졸시「해」전문, 졸저『말씀은 목마르다』에서.)

한편, 단어를 들여다보자. '살다(live)'를 180도 뒤집으
면 '악(evil)'이 된다. 삶의 이치를 거스르는 일이 악이라
는 것이다. '지금(NOW)'이라는 것도 뒤집어 보면 '이긴,
쟁취한(WON)' 의미를 갖게 된다. 이에 관하여 글을 써
본 적이 있다.

"'NOW'를 뒤집으면 'WON'./ 이기고 쟁취했다
는 WON./ 의기양양한 상태./ 넘칠 듯 찰랑거리
는 '지금'은/ 아름답다./ 바늘에 찔려 아프고 피
나는 것도/ 삐끗하여 일이 어긋나는 것도/ 충일
의 힘에서 생긴다./ 빈틈없는 바람 햇살./ 말소리
건너가고/ 울음소리 건너오는 허공도/ 빛 샐 틈

없다. / 그럴 때 머리 젖혀 하늘을 보면/ 온통 시퍼런 지금이 있다."(졸시 「NOW, WON」부분, 졸저 「그림자를 뜯다」에서.)

   즉, '지금'이라는 것은 이미 존재의 터전으로서 아무런 부족함 없는 상태라는 것이다. 생명체의 생존 기본 여건인 땅, 물, 불, 바람 등이 갖춰 있으므로 인간이 땀과 지혜를 첨가하면 살아갈 수 있다는 것이 된다. 물론 애초에 이런 내용이 미리 설정되어 언어가 형성되었다고는 단호하게 말할 수 없지만, 철자 구조상 이러한 요소들이 보인다는 것도 나름대로 어떤 의미가 있지 않을까 하는 것이다. 좀 덧붙이면, 비슷하게 생긴 '생각하다(think)'와 '감사하다(thank)'를 서로 연관 지어 생각해 본다면, 존재에 대한 나(i)의 생각이 깊어질수록 감사하는 마음의 소리('ah')도 그만큼 깊어질 수 있는 것으로 유추해도 무리는 아니다.

   이렇게 영어 단어에서 시 소재를 얻게 된 것은 필자의 직업과 무관하지 않다. 영문학 및 영어 관련 강의를 하다 보니 영어철자에서 이런저런 이야기들이 들리는 것 같았다. 그러나 이러한 시도는 어원적 분석을 토대로 진

행된 것이라기보다는 시를 써오는 과정에서 자연스럽게
생긴 결과물의 한 종류로 간주하면 될 것이다. 시 쓰는
자가 언어에 민감하지 않을 수 없기 때문이다.

　이번에도 새삼 실감하게 된 것은 시가 건드리지 않는
것은 없다는 사실이다. 시를 시인이 미처 못 따라가는
것이 문제일 뿐, 시가 빠뜨리는 것은 없다. 이런 점에서
볼 때 시를 '노자의 그물'에 비유하여도 그리 어색하지
않을 것이라는 생각이 들었다. 공기처럼 이미 나와 한몸
이면서 언제나 손끝에서 맴돌고 있을 것 같은 시. 기약
없는 짝사랑. 시를 통해 시를 찾아가리라는 희망. 그러
한 미지의 세계가 있다는 것이 그나마 희망이 된다.

'물질언어'를 '듣는' 시인

김경화

문학박사, 성균관대 하이브리드문화연구소 연구원

1. 물질언어의 귀환

중국 윈난성 나시족은 동파문자를 사용한다. 설형문
자나 갑골문자보다 더 오랜 역사를 지닌 이 문자는 뜻과
음을 겸비한 상형문자다. 나무, 돌을 그들 모양대로 문자
화했듯이, '행복'(幸福)이라는 추상적 의미는 남녀 함께
춤을 추는 모습으로 형상화되었다고 한다.

인간의 언어 역시 이와 비슷한 이력을 밟아왔다. 기
원전 2천년으로 거슬러 올라가는 오랜 역사의 알파벳
도 예외는 아니다. 설태수 시인(이하 존칭 생략)의 『She,
그녀가 앞에 있다』를 읽으면서 언어는 세상에 대한 인
간의 이해뿐만 아니라 우주에 존재하는 사물의 목소리

도 담고 있는 게 아닐까 하는 궁금증이 생기게 되었다. 갓난아이가 세상에서 맞이하는 첫 보호자 명칭에는 공히 M 사운드가 들어가 있다. Mother, Maman, Mutti, Mamma 등과 같이 아이가 내는 소리에 '엄마'라는 단어에 반영되어 있다면, 다른 사물의 언어도 그럴 수 있다는 생각을 했기 때문이다.

이 세상에 존재하는 무수한 사물과 더불어 인간도 우주의 구성요소이기에 사물과 인간이 소통될 수 있는 여지는, 인간이 사용하는 언어에 내재되어 있는 것으로 보아도 무리는 아닐 것이다. 성찬경 시인은 「물질의 언어」에서 다음과 같이 물질언어를 노래했다.

물질에 언어가 없다고 생각하는 것은
인간의 오만이다.
물질언어의 소리를 인간이 못 알아들을 뿐이다.
물질언어의 모음과 자음은
인간의 수신능력의 범위를 벗어난다.
그렇거나 말거나 물질에는 제각기 그 언어가 있다.
쇠에서는 쇠 소리가 나고
나무에서는 나무 소리가 난다.

물질은 언어뿐만 아니라 표정도 있다.

인간의 표정에 비하면

물질의 표정은 그야말로 심연이다.

돌을 망치로 때려 보라.

그 비명이 어떠한가.

돌이 둘로 짝 갈라졌다.

돌의 이지러진 그 표정.

인간의 어느 명배우가 그 근처에 얼씬거리겠느냐.

물질이 갖는 탄력, 그것도 물질언어의 일환이다.

얼마나 의지적인가.

바람의 언어도 물질언어의 한 갈래다.

솔을 새는 바람 소리

솔은 흡족해하고 바람은 행복해한다.

침묵은 물질언어의 ABC다.

……(중략)……

세상은 말씀 안에 있다.

언어와 유리된 존재란 없다.

물질을 사랑할 때 물질언어의 귀가 열리기 시작

한다. (「물질의 언어」 부분)

성찬경 시인을 기리는 자리에서 설태수가 이 시를 낭독하는 모습을 본 적이 있다. 그리고 이 시집 가운데 「읽다, read(re+add)」에서도 그 일부가 소개되고 있다. 그래서 나는 '물질언어'의 탐구라는 좀 더 근원적인 관점에서 이번 시집을 읽고자 한다. 설태수의 시를 거듭 읽어가면서 "술은 흡족해하고 바람은 행복해" 하는 "술을 새는 바람 소리"를 독자들도 들었으면 하는 것이 나의 바람이다. 수 천 년 동안 인간과 사물이, 인간과 인간이, 사물과 사물이 교감하며 나눈 대화가 우리 언어에 아로새겨져 있음을 느꼈으면 하는 것이다.

설태수는 언어의 살과 뼈와 깊은 사랑에 빠진 사람이다. 『말씀은 목마르다』 이후 그는 자신의 생각을 언어로 담기보다는 언어가 자신의 생각을 옮겨주기를 기다리는 것 같다. '존재의 집'을 짓는 건축가의 자세가 아니라, 언어라는 '집'에 합당한 '존재'가 되기 위해 언어의 명령과 처분을 기다리는 태도로 일관하는 인상을 준다.

이번 시집도 "쉬, 그녀가 앞에 있다"고 하여, 자신과 주변을 경계하면서 '그녀'가 들려주는 말을 필사적으로 필사(筆寫)하는 분위기가 느껴진다. 시집에 유난히 '귀'가 많이 보이는 것도 이런 연유가 아닐까 싶다. 그는 '말하는' 시인이 아니라 '듣는' 시인이고 싶어 한다. 그가 이번에 듣게 된 이야기는 사전에 나오지 않는 성격을 띠고 있으며, 그 내용에는 자연 사물과 인간의 삶, 인간의 인식작용 등을 포괄하고 있다.

나비는 "그러나, 그러나, 하면서 / 어디로 떠나"고(「나비, butterfly」), 시계는 "잠궈! / 잠궈! / 지난 것은 / 잠궈! / 깨끗이 잊어!"를 외치며 똑딱거린다(「시계, clock」). 명사, 형용사, 동사 가리지 않고 그의 귀가 세운 안테나에 다 포착된다. "노을 twilight"은 "빛과 어둠을 공유"하는 신비한 다리를 지니고 있으며, "숲 woods"은 이미 "구애"를 품고 있다. "아무리 큰 소리도" 거부하지 않는 "구름 cloud"은 "소리 지르던 마음" 삭게 하는 시인의 스승으로 자리한다. "나무, tree"는 "한 순간도 에너지를 / 향기를 뿜어내지 않을 때가 없"는 "지상의 천사"로 우뚝 서 있고, "흘러 다니는 몸"을 지닌 "꽃, flower"을 통하여 "흐르는 시간 속에서는 / 꽃 아닌 것 없다"는 잠언을 들려준다.

성스러움과 신비를 간직한 세상에 인간은 불완전한 존재로 살아간다. "만약(if)"이라는 "생의 연결고리"가 없다면 "인생, life"은 애초에 성립되지도 않는다. "굴욕을 꿀물처럼 마시"면서도 버틸 수 있는 것은 '만약'이라는 '당의정' 덕분이다(「바람, wind」). 매순간 삶의 선택 앞에서 저울질하고 저울질당하면서 때론 뭘 듯이 기뻐하고 때론 상처받아 돌아서기도 하는 게 우리 삶의 내용이다. "선택, choice"에 붙어 있는 "ice"는 선택행위에 이미 "냉혹"은 불가피함을 암시한다. "결혼, marriage" 또한 "서로를 손상시키지 않고는 / 나이 들지 못"하는 삶의 불가항력을 내포하고 있다. 그러나 승리가 녹아있는 "포도주, wine"를 부딪치며 사뭇 "의기양양"해 하기도 하고, "상처 달래면서 / 멀리 가게 하는 힘"을 내장한 꽃 같은 "미소, smile" 덕분에 한 세월을 견디기도 한다. "낮에는 햇빛 / 밤에는 달빛에" 바래면서 걷는 이러한 인생길이 "전설, legend"이 될 수도 있다. "발걸음 끝난 그 너머에서/ 펼쳐지는 이야기" 속에 우리 삶이 한 자락 끼일 수 있는 것은 "다리 기운의 여진은 멀리 가기도 하여 / 인간의 체취 아련히" 잡히기도 하기 때문이다.

이러한 연유로 "불멸, immortal"은 "필멸, mortal"을 껴안고 있다. "하시라도 당신과 나는 / 영원을 떠날 수 없"음은 "바늘 하나에도 온몸이 아프고 / 수억 광년 별빛은 / 밤이슬에 맺혀 있어 / 부엉이 소리와 / 어둠의 깊이는 동일"한 삶 속에 우리가 있기 때문이다. "기다 보면 사지가 다 보이"는 세상도(「기다, climb」), "낮고 또 낮은 곳으로" 흘러 "지상의 것들은 / 하늘을 지향할 수 있"게 하는 물의 덕이 있어 살 만하다(「흐르다, flow」). 내가 "지나온 길의 골격" 또한 "기억으로 살아"나 "생의 추락을" 막아주기도 한다(「기억하다, remember」).

……(중략)……

80 넘으신 노모는
추억하는 힘으로 여생을 버티신다.
수십 번 반복하셔도
그때마다 생기는 돋아
쓰디쓴 기억이 훨씬 위력적이다.
몸서리친 옛일들이
이토록 힘센 멤버일 줄은
미처 몰랐다. (「기억하다, remember」부분)

2. 우주는 한 편의 시

이제 "물질언어"라는 말을 글머리에서 언급하게 한 시를 소개하겠다.

> 우주는
> 하나의 운문.
> 침묵을 깔고 있는
> 시.
> 하나의 노래다.
> 소리의 그림자도 있는
> 우주는
> 지금 노래다. (「우주, universe」 전문)

근자에 만난 그는 알파벳의 신비에 관해 알게 된 재미난 얘기를 들려주었다. 생각의 신선함과 스케일에 놀라면서도 걱정이 뒤따르는 것도 어쩔 수 없었다. 그에게 그간 죽죽 자라던 예사롭지 않던 시상(詩想)들이 성급한 독자들에게 단순한 말장난이나 관념의 유희로 치부되지 않을까 하는 우려가 없지 않았다.

그러나 이 시를 대하면서 이런 걱정은 눈 녹듯 사라졌다. 우주는 "침묵을 깔고 있는 시." "우주는 / 지금 노래다."라는 잠언은 나를 휘청거리게 했다. 어느 봄날 산책길에 만난 공초(空超) 오상순의 시비에 새겨진 「방랑의 마음」첫 연, "흐름 위에 / 보금자리 친 / 오 흐름 위에 / 보금자리 친 / 나의 魂(혼)"이 자연스럽게 떠올랐다. "흐름 위에 보금자리 친 나의 혼"과 "우주는 하나의 운문"이라는 시구는 묘하게 겹쳐 들렸다. 흐름 위에 보금자리를 친 공초는 결국 우주의 시를 지향했을 것이고, 우주를 시로 여기는 설태수 또한 흐름 위에 보금자리를 잡을 수밖에 없지 않았을까.

이런 생각들이 이어지면서 그의 시 한 편 한 편은 '흐름' 속에 놓인 사물들의 언어로 내게 말을 걸어왔다. "외로워도 / 나뭇잎 흔들리고"(「요리하다. cook」) "바위는 제자리에서 / 흐르고"(「꽃. flower」), "머물지 않아야 / 바람이"(「사실의. real(re+all)」)니, "구름도 이정표"(「디자인. design」) 되는 세계를 보여준다. "목숨 가진 것은 바람 속에서 / 흔들리며" 길을 찾는 숙명을 피할 수 없으니(「흔들리다 sway」), "순간순간 길 꺾으면서 / 그러나, 그러나, 하면서 / 어디로 떠나는" 나비처럼 "바람에 운을 걸고"(「군인, soldier」) 살아갈 수밖에 없다.

흐름에 몸 맡긴 채 바람 타고 가면서 그는 잘 듣는 시인이 되어달라고 기도하는 듯하다. 그와 같은 시인에게 모든 기도는 '빛'이다. "삼라만상은 / 빛의 세례" 속에 있고, "빛의 뒷모습"은 "어둠과 슬픔"으로 이어져 있기에 빛은 인간의 기도를 "신속(神速)"으로 실어간다(「기도하다. pray」). "멀리서 다가오는 / 당신을 알아볼 수 있는 것도 빛이 있기 때문"이니, 빛은 기쁨이다(「기쁨. delight」). "빛에 실려 왔으니 / 그렇게 떠날 것이"라는 것도 빛이 기쁨 아닐 수 없는 것이다. "육신은 흩어져도 / 빛이 놓치는 일은 없"기에, "기억은 흐려져도 / 빛은 흐려지지 않"기에 빛은 기쁨이고, 기쁨은 빛이다.

이러한 빛을 배경으로 우주는 "소리의 그림자"까지 포함한 글자를 온 곳에 새겨두고 있다. 하지만 우리는 "아우성치는 간판들 / 거기에 기대어 하루하루 살아"가면서도 "산천초목 구름 / 컴컴한 굴 / 티끌 하나도 글자 아닌 게 없"는데도, 우주 글자 앞에서는 문맹이 된다. "아기 얼굴"처럼 "시간 공간을 잊게 하는 / 나를 잊게 하는" 이 글자는 "마음 몽땅 전하게 하는 / 새로운 눈을 갖게" 함을 짐작하면서도 우리는 그 앞에 다가가지 못한다(「글자, letter」). "생각할수록 / 삼라만상은 sign."이고 "볼수록 꿈틀거리는 디자인"인데도 말이다(「디자인, design」). 이처럼 둔감한 인간들이 답답했던지 하늘은 가끔 "몇 달치 모았다가 / 한꺼번에 아래로 / 던져보는 천둥"으로 "우르르 쾅쾅 / 안방구석까지" 찾아오기도 한다(「천둥, thunder」).

3. 땅도 듣고, 시인도 들은 이야기

설태수에게 지상은 "소리의 징검다리 놓으면서 / 이야기 건너다니는 곳"이다. "열매가 떨어지면 / 툭 하는 소리 들리는 세상"이고 보면, "새들의 귀에는 / 물드는 노을 소리"도 능히 잡힐 것이다. 이런 지상에서 그는 물음표 귀를 하고 살아간다.

> ······(중략)······
> 귀는 물음표 형상.
> 낚시 바늘 같기도 하다.
> 소리에 걸리고 싶을 때가 많다. (「지상, earth」 부분)

그는 "낚시 바늘" 같기도 한 물음표에 걸려 우주가 내는 "소리에 걸리고" 싶어 한다. 우주의 소리에 주파수를 맞출 수 있다면 그것이야말로 시인에게 "행운"이다. 지구는 귀 밝은 사람들에게 더 많은 얘기를 들려주기에 "눈물이 전부가 아니고 / 한숨이 오래 가지 않는다면 / 수평선 너머가 궁금하다면 / 행운"이 아닐 수 없다(「행운, fortune」). 따라서 귀 밝은 사람이야말로 진짜 보물을 얻는 사람이다. 지상에 던져진 수많은 비밀을 "얻기(earn)" 때문이다. 정월 대보름에 마시는 귀밝이술로 "시비(是非)소리 다 통하는 / 산 너머 꽃피는 소리도 들리는 / 부처 귀"를 염원하게 되는 것도 이 같은 이유다(「벌다, earn」).

보고 싶은 쪽으로 몸을 틀 때만 보이는 눈과, 닿고 싶은 방향으로 움직여야만 제 기능을 하는 손발과는 다르게, 귀는 온 사방으로 열려 있다. 날것 그대로의 세상, 날것 그대로의 사물을 온전히 담는다. 그래서 그는 "가감 모르는 귀는 / 명료하다. / 마음을 청진하는 / 영성 높은 기관."이라 칭송한다(「명료한, clear」). "한 생애를 지켜주는 / 눈물"이 '귀'를 지니고 있음은(「눈물 흘리다, 찢다, tear」), 늘 "사랑과 미움이 / 고동"치는 심장 역시 '귀'를 가지고 있는 것은(「심장, heart」) 예사롭게 보아 넘길 문제가 아니다. "지나간 것에 귀는 / 집착하지 않"기에 항상 배운다. "무시무종(無始無終) 바람은 / 귀에 모든 걸 알려"주기에 "귀는 / 몸의 스승"이다(「배우다, learn」).

듣는 눈으로 보고, 보는 귀로 들으면, 내가 차지하고 살아가는 공간도 에이스, 나의 얼굴도 에이스다. 공간은 혀를 내밀어 맛을 보면 "無맛 / 손가락으로 콕" 찔러도 반응이 없다.

> ······(중략)······
> 숨을 들이쉬어도 바람 냄새뿐.
> 귀에는 정적(靜寂)이다.
> 공간은 天.
> 모든 것을 완벽하게 장악하고 있다.
> 완벽하게 방치하고 있다.
> 무엇이든 절대 평등이다.
> 어떤 눈물도 받아준다.
> 꽃잎에 이슬방울
> 눈에 가득 들어온다. (「공간, space」 부분)

"공간"은 "완벽하게 장악하고" "완벽하게 방치하"는 깊이를 지녔기에, "어떤 눈물도 받아"주는 미덕을 지녔기에 에이스가 될 수 있다. 우주의 위력이 공간에 구현되어 있다면, 인간을 주무르는 권력은 '얼굴'에 있다.

얼굴을 능가할 권력이 있을까.

아무도 군소리 못하는 힘.

매일매일

하루에도 몇 번을 살핀다.

물에 차창에

스테인리스 강철 기둥에도 비춰본다.

목숨 걸고 수술대에 오르는 여자들.

얼굴에는

지뢰도 매설되어 있다.

얼굴만큼 깊은 굴은

단연코 없다.

각종 번뇌를 잠재우는

세파에 멸하지 않는

궁극의

얼굴이 있다. (「얼굴, face」 전문)

"얼굴을 능가할 권력이" 없다는 사실은 "얼굴, face"이라는 단어에 이미 내포되어 있다. 얼굴은 "아무도 군소리 못하는 힘"을 지니고 있기에 우리는 "매일매일 / 하루에도 몇 번을 살핀다." "물에 차창에" 심지어 "스테인리스 강철 기둥에도" 시시때때로 얼굴을 비춰본다. "목숨 걸고 수술대에 오르는 여자들"도 있다. 그러나 시인은 "얼굴만큼 깊은 굴은 / 단연코 없다"는 말로 얼굴이 에이스인 것은 얼굴이 지닌 표면 때문이 아니라, 그 깊이 때문임을 주지시킨다. "번뇌를 잠재우는 / 세파에 멸하지 않는 / 궁극의 얼굴"은 '얼'을 담은 '굴' 속에 있다. '굴'이 없는 얼굴은 싫증을 불러오고, '굴'이 지워진 얼굴은 공허하다.

4. 공기는 요정이다

> 즐겁고 기쁜 일은
> 휘발성이 너무 강해.
> 뼈에 각인된 슬픔과 고통이
> 몸을 붙들고 있네.

눈 내린 아침.

두 시간 넘게 달려도

나뭇가지마다 눈꽃.

찬 공기 속 요정의 나라.

사람들은 요정이네.

짭짤한 피가 돌아

눈물에도 쓸려가지 않는

요정이네. (「요정, fairy」 전문)

　우리의 삶이 버겁게 느껴지는 것은 "즐겁고 기쁜 일은
/ 휘발성이 너무 강"하고, "뼈에 각인된 슬픔과 고통이 /
몸을 붙들고" 있기 때문이다. 그런 요지경을 살다가 어
느 "눈 내린 아침" "나뭇가지마다 눈꽃" 핀 풍경을 접하
고 보면 "찬 공기 속 요정의 나라"가 그리 먼 세계는 아닌
것 같다. '공기'를 간직한 "요정, fairy"은 오히려 어디에나
있기에 그 존재를 감지할 수 없는 공기처럼 우리의 무심
한 신경이 놓치고 사는 존재일지 모른다. 눈 온 아침 풍
경을 마주하면 선경에 말을 잃게 된다. 주변 사람들마저
요정으로, "짭짤한 피가 돌아 / 눈물에도 쓸려가지 않
는 / 요정"으로 보이게 하기도 한다. 삶이 선사하는 이러

한 마법의 순간이 있어 우리는 잠시 슬픔과 고통을 털어
내고 또다시 걸어갈 힘을 얻기도 한다.

우리는 또한 "더러운 것과 깨끗한 것을 / 가리지 않
는," 모든 것을 받아주는 공기의 '공평한' 사랑 덕분에 지
구에서 편안하게 살아간다(「공평한, fair」). 공기가 "나부끼
는 긴 머릿결 / 받아줄 때" 온몸으로 살아있음을 느끼기
도 한다(「머리카락, hair」). 흔들림은 곧 뒤섞임이기에 우리
는 공기를 아교로 하여 지구와 잘 붙어 지낼 수 있다. 공
기는 대기에만 있는 것이 아니다. 지상이나 지하로 올라
가고 내려가는 계단에도 잠복해 있다.

까마득한 곳도 계단 있으면
오르고 싶은 마음 생긴다.
힘들면 걸터앉을 수 있다.
그래도 많이 남아 있으면
바로 앞 계단 하나씩 밟는다.
밟고 또 밟다보면
놀랄 만큼 높이 올라왔다.
올라온 게 아까워
새 힘 솟아난다.

모든 계단은

공중이나 지하로 통해 있다.

가파른 산 오르다가

공중에 낚일 것 같은 불안.

저 아래 너무 많은 걸 두고 왔다.

더럽게 정든 세상이었다. (「계단, stair」전문)

계단이 있어 우리는 까마득한 곳도 오르고 싶은 마음을 갖게 된다. 힘들어 걸터앉으면 계단은 기꺼이 의자가 되어 준다. "밟고 또 밟다보면 / 놀랄 만큼 높이 올라", "더럽게 정든 세상"에 대고 "저 아래 너무 많은 걸 두고 왔다"고 중얼거릴 수 있는 내밀한 고백도 하게 된다. "공중에 낚일 것 같은 불안", 땅속으로 꺼질 것 같은 낭패감도 계단 덕분에 유보된다. 그러니 이제 계단을 만나면 한 계단씩 오르거나 한 계단씩 내려가면서 기억하자. 밟히면서도 지상과 지하를 이어주고, 멀어지면서도 안아주고 붙들어주는 계단을, 그 안에 스며 있는 공기의 미덕을.

5. '다시'가 진리다

존재는 외롭다. 이 세상은 "목소리 들려줄 사람 없으면 Hell"처럼 느껴지는 외로운 장소다(「여보세요, hello(hell+lo)」). "숲에 가려 있어도 / 물에 휩쓸려갔어도 / 지상을 버리진 못"하는(「돌, stone」) 돌처럼 우리는 "떠돌지 않아도 / 외로운 나그네"(「외로운, lone」)로 한평생을 살아간다. 외로움에 이력이 날 만도 하련만 설태수는 더 외롭고자 한다. 그가 외롭고자 하는 이유는 단순하다. 빌린 몸으로 온 우리가 빌린 세상을 살고 있다면 이 본바탕은 어디에 있고 무엇이란 말인가? 본향이 궁금하지 않을 수 없다. 그 본향을 찾아 펜을 움직이는 시인의 갈증은 가시질 않고 외로움은 깊어간다.

> 빌린 거라서
> 돌려주게 되어 있다는 몸.
> 빌린 세상.
> 빌린 바람 물 불 흙.
> 빌리지 않은 게 없다.
> 본바탕이 궁금하다.

가시질 않는 갈증.

펜으로

본향을 찾아 파고든다. (「빌리다, lease」부분)

빌린 세상 빌린 몸으로 살다 빌린 것을 깨끗하게 갚고
떠나기 위해 시인이 할 수 있는 일은 "펜으로 / 본향을
찾아 파고"드는 작업을 게을리하지 않는 것이다. 그에게
시 쓰기는 빌린 것을 갚는 단순한 행위다. 명예를 더하
는 일도, 주체할 수 없는 재능을 드러내 보여야 하는 일
도 아니다. 그저 감사히 받은 것을 감사히 쓰고 감사히
되돌려 주는 일이다. "여보세요"를 외치며 타인을 찾는
세상에서 그는 스스로 "소외된, isolated" 존재로, 뒤처진
존재로 살아가고자 한다.

오랜 친구가 권한다.

스마트폰 장만해서 카톡방에 들라고.

여러 동기들과 재미난 게 많다고.

단순하게 지내는 것도

좋다고 나는 답한다.

그러면 너무 뒤처진다고 한다.

난 또 웃고 만다.

……(중략)……

뒤처진다 해도 어쩔 수 없다.

샘 많은 시.

시는 놓치고 싶지 않다. (「소외된, isolated」 부분)

"샘 많은 시"를 놓치지 않으려면, 본향에 닿으려면, 외로움과 뒤처짐 정도는 두렵지 않다. 외로워 보이는 등대가 실은 "사방으로 / 무수한 길 거느"리고 있고, "고독은 발광체(發光體)"가 되어 길을 안내하리란 것을 시인은 알고 있기 때문이다(「고독한, solitary」). 외로움과 더불어 있을 때 사물은 "오케이, okey"를 외치며 자신을 여는 열쇠를 건네줄지 모르기 때문이다(「오케이, okey」).

……(중략)……

시골 정류장에서

버스 한참 기다리다가

땅바닥을 발로 긁적거렸었다.

노크하는 기분.

타전하는 느낌.

자신을 털어보는 식이었나.

펜에 기대는 신세.

쓸수록 커지는 갈증.

상점 입구에 붉게 켜진

OPEN

피로 쓰면 열리려나. (「열다, open」 부분)

　이 시는 그의 관심이 평소 시에 얼마나 쏠려 있는지를 잘 보여준다. 그는 버스를 기다리며 땅바닥을 긁적거리다 원시벽화가 남아 있는 동굴, 그림을 그린 예술가와 타전하는 느낌을 받는다. "자신을 털어보는 식이었나." 라는 말은 시인이 원시 예술가에게 건네는 말인지 시인 자신에게 하는 말인지, 분명치 않다. 확실한 것은 예술 행위는 "자신을 털어보는" 작업과 무관하지 않다는 것이다. 원시 예술가도 시인도 펜과 같은 도구를 이용해 자신이 본 세상을 털어냈을 것이다. 펜에 기대어 사물의 의미를 열려고 했을 것이다. "쓸수록 커지는 갈증"은 펜으로밖에 달리 풀 수 없다는 것을 둘 다 알고 있었을 것이다.

　또한 그는 "야성의 자유를, 날마다 쟁취하는 자유"(「자유로운, free」)를 역설한다. 늘 "다시"(re)를 시작하는 사람만이, "여기 here" "저기 there"로 흘러다니는 사람만이, 새로워지고 자유로울 수 있다. "이른 봄./ 불 지른 논둑에서" 돋아나는 쑥처럼 더 강하게 태어날 수 있다. "풍광"이 "언제나 리얼"하게 우리 앞에 있는 것은 "다시(re)" "모든 것을(all)" 매번 시시각각 새롭게 하기 때문이다(「사실의, real(re+all)」).

> 're'가 없으면
> 지상의 개울은 사라진다.
> 물줄기 끊어져
> 조약돌은 물기를 상실한다.
> 're'가 없으면
> 새가 날아들 수 없다.
> 물소리 들리지 않으면
> 노래가 증발해 버린다.
> 눈물이 말라 버린다.
> 날마다 날마다
> 눈물 개울이 돌고 돌아
> 눈동자는 반짝거리는 것.

're'는 단순 반복이 아니다. (『개울, stream』 전문)

　그러한 개울물이 우리 얼굴 가운데도 흐른다는 게 신
비롭다. 눈동자가 반짝거릴 수 있는 것은 "눈물 개울이
돌고 돌아"야 가능한 것이다. 우리 눈이 눈물 개울을 안
고 있는 것은 날마다 새로워지는 몸의 생리를 닮으라는
몸의 충고인지도 모른다. "나를 묶는" 시간에 절절매여
살지 않으려면, "지금이 전부"라 여기며, "순간마다 시
작"을 살아야 한다는 조언인지도 모른다. 현재를 선물로
여기고 살아가는 사람만이 "마침내 시간을 부리는 사
람"이 될 수 있기 때문이다(『시간, time(tie+me)』).

　6. 글을 나오며

　설태수 시인은 내게 같은 분야를 공부하는 선배로서
공유하는 바가 적지 않았다. 비록 강의실에서 지식을 전
수받지는 못했지만, 산과 들 혹은 까페와 술집에서 지금
까지 20년 넘는 세월 동안 내가 배운 내용을 생각해 보
면 그는 내게 선배보다 스승에 가깝다.

그러나 나는 객관적인 눈으로 그의 시를 읽고자 노력했다. 시집을 읽는 독자가 편안하게 그의 시에 접근하는 방안을 나름대로 생각해 보았다. '물질언어'라는 말을 산뜻하게 정의하고 글을 시작하고 싶었지만, 그것은 내 능력 밖의 일이었다. 내가 궁리한 차선책은 "앞에 있는 그녀, she"가 들려준 이야기를 나 또한 "그"로부터 받아쓰는 것이었다. 지금 "그"는 내가 이전에 알고 있었던 그가 아니라, 이번 시집을 계기로 새로운 시의 밭에 쟁기를 깊숙이 드리운 새로운 "그"가 되었기 때문이다.